岭上花

周越 著

朝華出版社
BLOSSOM PRESS

图书在版编目（CIP）数据

岭上花 ／ 周越著. -- 北京：朝华出版社，2025.
4. --（诗汇百家）. -- ISBN 978-7-5054-5617-4

Ⅰ．I227

中国国家版本馆 CIP 数据核字第 20258JK696 号

岭上花

作　　者	周　越	
选题策划	蒯　燕	
责任编辑	葛　琼	
责任印制	陆竞赢　訾　坤	
装帧设计	悟阅文化	

出版发行	朝华出版社	
社　　址	北京市西城区百万庄大街 24 号	邮政编码　100037
订购电话	（010）68995509	
联系版权	zhbq@cicg.org.cn	
网　　址	http://zhcb.cicg.org.cn	
印　　刷	成都市兴雅致印务有限责任公司	
经　　销	全国新华书店	
开　　本	880mm×1230mm　1/32	字　　数　104千字
印　　张	6	
版　　次	2025 年 4 月第 1 版　2025 年 4 月第 1 次印刷	
装　　别	平	
书　　号	ISBN 978-7-5054-5617-4	
定　　价	65.00 元	

新开出的天地

——读周越诗集《岭上花》

　　像我这般年龄的读诗人，想必有不少从 20 世纪 80 年代末开始，不时在诗歌刊物上遇到一首诗两个人一起署名的。用这种写法的人不多，但四川就有出名的两对，其中一对便是周南、周越。这种署名法，大有让人过目不忘的气势。后来，这对兄弟一个去了北京，一个留在川内去了攀枝花。慢慢地，时间一长，我和攀枝花的周越交情就多了一些，成了朋友。

　　2021 年年前入冬的时候，周越从阳光明媚的攀枝花给身处阴冷潮湿且雾霾深重的成都的我发来《岭上花》的电子版，说是要出本诗集，请我写几个字。我马上联想到的就是"阳光明媚"这个词，俗得简单，俗得通透，不需要丝毫的矫情，就有一种所有人都明白并且向往的暖意。如果诗写到这种程度，也是一种造化了。我愿意用"阳光明媚"来形容周越，愿他的一生阳光明媚。

诗分"钒都花韵""丝语花城""乡村花意"三辑。

攀枝花这座英雄的城市从 1965 年开始，一直以钢铁享誉中外。进入 21 世纪后，整个攀枝花悄然之中孕育着一次崭新的华丽转身，钒钛再次擦亮这座城市，翻开了新中国工业史上崭新的一页。钒钛在改变着这座城市，也拓宽了这座城市的诗人创作的题材。"铁水钢花奔流半个世纪／高铁时代的宣言／你用钒钛的钢语奠基。""铁水""钢花"这些最质朴的词的确代表着过去那个时代的审美。进入高铁时代后，人类的生活，以及对时空的理解已经发生了巨大而深刻的变革，钒钛作为象征，成为诗人眼中新的生活，以及新诗歌的奠基，周越意识到了，并且深入地表现这些。

"丝语花城"一辑书写了诗人在攀枝花这座全国唯一一座以花朵命名的城市中的生活感受，有"蒙蒙雨境／来时正是清明"中对一座移民城市的忧思，又有"那红豆／在我情爱的骨骼上熠熠发亮"的爱情理解，更有"就像我听懂稻子不语的低头／是对大地的感恩和赞美"这样对生命崇高的礼赞。当然，一个人的生活感受，尤其是一个诗人的生活感受不可能仅仅是美好，更是复杂的情感。对生命、对世界更深刻的理解也在周越笔下表现出我们共同的痛感。

攀枝花是一座钢的城，是一座花的城，但是，它不只是有钢铁，以及攀枝花这一种花，它的丰富性也体现在诗人的"乡村花意"中。面对大田的石榴花开，诗人心中是"花开的季节／大田是一杯初沏的茶"。在《白娜湖·传说中的白娜姑》中，诗人不仅能够听见"山风中流淌的歌声"，更能看见"一位姑娘说话的眼睛"。在迤沙拉，诗人对攀枝花的认知已经从感性发展到了理性，从更高的层面对生命的意义有了新的发现，"脚力不能到达的地方目力抵达／目力不能到达的地方心力抵达"。而《四月的乡村》在农耕与现代中发现着新的诗意，如同"水流风淌的山庄／炊烟的词语在电炒锅里翻滚"。

1995 年，我为攀枝花写过一首长诗——《钢的城》，献给这座英雄的城市、美丽的城市。因为这个，加之工作，对攀枝花的关注，对书写攀枝花这座城市的诗人的关注似乎成了我的一种本能，对周越也是如此。

周越在《攀枝花苏铁》一诗中这样写道：

……深山的古渡口
一夜间火树银花
英雄树
花红叶大

新开了天地……

是呀，攀枝花市是祖国大地上新开出的一片天地，我们真挚地期待着周越在今后诗歌的路上，像攀枝花这座美丽的城市一样，能够新开出自己的一片天地。

龚学敏
2021年1月2日于成都
2024年10月定稿

（龚学敏，《星星》诗刊主编、四川省作家协会副主席）

阳光花城的号手与歌手

——关于周越《岭上花》

诗人周越，乃旧交也。

自从我1993年离开攀枝花，我们彼此音信渺然，已三十一年不曾相见了。呜呼，百年人生，有多少个三十一年啊！

今蒙不弃，得观其新作《岭上花》，偷闲静心读之，恍然如逢故人，如游故地，如梦回意气风发的昔年时光：金沙江、弄弄坪、炳草岗、二街坊、五十四、九附六……一切都历历在目，不禁感慨系之。

当年离开攀枝花后，我便几乎不再写诗，但是，我读诗，我一直关心着诗歌的事，不时写些赏鉴评点文字。直到退休之后，才重新拿起笔来，随心所欲地横涂竖抹，但仅仅图个乐子而已，早就不做名利之想，早已跟所谓"事业"无关了。没想到，周越居然还在写！

一部《岭上花》，完全是一个地理学文学的标本，满目都是"阳光花城"攀枝花的山川风物，读着他的一行行诗句，我仿佛徜徉在那块颇具异域情调的土地上。在那里，我初进职场，初入社会；懵懂，迷茫；试，闯，冲，撞；挣扎，折腾……生活了整整七年之久。这本诗集于我而言，真是特别亲切，尤其那些缀满故地风物的诗篇，常令我怦然心动。故地，有大田、仁和、海塔、洼落、盐边、米易、务本、清香坪、阿署达、大麦地、白娜湖、格萨拉（原岩口乡）等。我在攀枝花电视台当记者那些年，曾在这些地方留下自己的脚印。感谢周越为这些地方留下柔美的诗篇："在南高原，风渐渐转暖／格萨拉的冰雪已经不见／小草们打着翠绿的喷嚏／灌木林集体伸了伸懒腰／几声鸟鸣，几声呼唤／／一不经意，阳光蜂拥而至／丝绸般滑下，金黄的树挂如帘／索玛花一个激灵／睁开了惺忪的睡眼／'哎呀，怎么我一觉醒来已春天？'／／换一身绿衣裳／梳一个蝉翼状云髻／抹上天香雪，化出彩虹妆／一步展颜，一步笑脸。"（《丛林之春的童话》）格萨拉的早春触发了他的儿童思绪、赤子情怀，一颗诗心，顿时轻快地跃然纸上，令我忍不住连声叫好……虽然，此诗属于周越，此诗属于早春，但此诗更属于格萨拉。这是周越的贡献，这是格萨拉的幸运。周越用他的诗为格萨拉的早春画了像，命了名，赋予了神韵，格萨拉从此有了永恒的意境。

以独特的地域风物入诗，全世界皆然。中国古人曾经说过，读诗的好处是可以"多识于草木虫鱼之名"。这话的前提是，不识草木虫鱼，是不能写诗的——甚至，离开了草木虫鱼，我们就不知道该怎么说话。周越既把攀枝花的特殊风物作为地域符号，同时又把这些风物作为表情达意的情感符号在使用。所涉及的有很多很多，比如凤凰树，比如石榴、芒果、凤凰花、蓝花楹等，甚至钒钛产品。钒钛是攀枝花的特产。因有富足的钒钛，攀枝花荣称"中国钒钛之都"。我喜欢他的《钛哥儿》："竟然想起泰戈尔 / 想起了他的新月的光辉 / 飞鸟翱翔 // 攀枝花的钛哥儿呀 / 以你的名义 / 用白灵山的绿叶 / 金沙江的清悠 / 煮一壶花城细语 / 温润那悄悄逝去的流光 / 咀嚼我们自然爱恋的钛度。"好玩！钛哥儿——钛锅儿（一种炊具，攀枝花工业特产），周越用了拟人化的手法；钛度——态度，则谐其音；同时，"钛哥儿"又让人联想到伟大的印度诗人泰戈尔，看似游戏笔墨，实则寓深情于戏谑之中，不掩亲切之意，洋溢自豪之情。对一座城市之爱恋，在俏皮诙谐言说之中缓缓流淌，汩汩有声。

攀枝花的各种风物经常在他的诗行间摇曳、闪现。走道，过岭，穿亭，所遇者，花榕、青松、凤凰树，都能触动他的情思，引发他的诗兴："风打听花草树木间的密语／泛起林海连绵的波纹／行走在这个雨后的春晨／看 有人惊呼／那黑亮亮的眼睛／一只松鼠静立／远远地响起布谷声。"（《走在雨后的春晨》）

当然，首屈一指者，是与一座城市共名的"攀枝花"。诗人以满腔的热情吟咏她，歌唱她，赞美她，将一座城市诞生与崛起的缘由和意义附加其上，借此掀起诗人情感的波澜。"立于腊月的枝头／看千山起伏 金江东流／任霞光映照／渡口／四川最西南的明亮记忆／在这个时节呼吸／一树红花／春的气息／／伟人的牵挂与嘱托／响亮着历史的金属之声／钢铁厂铸造战略高地／他们挥手之间高标的传奇／在钒钛之上／在阳光之下／攀枝花火烈烈地绽放。"（《攀枝花：盛开在钒钛之上阳光之下》）攀枝花，亦花亦城，既花又城，在花与城之间叠加、变幻，互为表象，互为本质，在诗人的眼里、心底、梦中、笔下，仿佛，依稀。这样的情感既是共通的，又是个人的；这样的思维既是公共的，又是私密的；这样的表达既是政治的，又是文化的。几乎可以肯定地说，这已经是攀枝花人的思维定式和审美公约数，属于攀枝花人的集体无意识。作为一个曾经在那里生活、受到浸染的人，我对此非常明白。当年的攀枝花贫瘠、蛮荒，几乎一无所有。这个几乎没有什么文化积淀的边鄙不毛之地，这座突兀地崛起于备战备荒年代的、差不多可以说没有什么过去的城市，没有受到过唐诗的照耀、宋词的浸润、元曲的熏陶。她，一开始就是政治的产物，是中国人艰苦奋斗、绝地求生之意志的体现，这样的政治决策是永远正确的，这样的生存意志是顽强而伟大的，它毋庸置疑的崇高性决定了它不接受任何质疑和批判。因此，攀枝花的文学（诗歌），先天就包含着政治的基因，攀枝花的文学（诗歌）创作，注定了只有开生荒一途，舍此之外，别无选择。也因为此，攀枝花的文学（诗歌）一诞生，就只能是颂歌，是主旋律；攀枝花的作家（诗人），只能是自豪的歌手与号手。与其说这是攀枝花作家（诗人）的宿命，毋宁说这是攀枝花作家（诗人）的使命。

在拜读周越这本诗集的时候，我特别注意到，他的诗歌始终保持着他号手的职责与歌手的本色，作品自然、清新，不做作、不晦涩，始终明白流畅，比如"一夜春雨洗旧尘／半院黄叶铺竹林／鸟儿将湿漉漉的啼鸣／清脆地挂在嫩绿的早晨"，自觉不自觉地保留了民歌的调性和押韵的传统，读起来朗朗上口，极富音乐之美，甚至宜于歌唱。

这，是明显的优点。

当然，诗集中也还有比较轻浅的作品，老朋友之间说话，可以而且必须明砍、砍明。

杨荣宏

2021年1月28日

2024年10月定稿

（杨荣宏，笔名蒲人、杨汶山，中国文艺评论家协会会员、世界华文创意写作协会理事、四川省文艺评论家协会理事、绵阳市文艺评论家协会主席、四川文化艺术学院创意写作教师）

目录

CONTENTS

第二辑
丝语花城

第三辑
乡村花意

钒都花韵

致钒钛

因为你的存在

攀枝花

常开不败

钒钛之都

你以花的姿态写意

"三线建设"的苦乐

钒钛磁铁矿的禀赋

不是钢铁厂的意义

金沙江　隆起

两岸逾千米高的翼展

铁水钢花奔流半个世纪

高铁时代的宣言

你用钒钛的钢语奠基

蛰伏西南深山的特区

你是那擦枪走火时代的隐喻

战争与和平

不是推演出的程序

熔浆滚滚的灼烤

钒钛衔接新长城的骨脊

"攀枝花建不好，我睡不着觉。"

如今那牵心挂肠的伟人已安息

盛赞"这里得天独厚"的伟人

也驾鹤仙去

一座座矿山绽开奇崛

一片片荒坡果实丰满

在晨光暮晖的鸟鸣中

在露珠青草的楼群中

在笑意荡漾的亲密中

告慰和继续

你以攀枝花的名义

你以阳光花城康养胜地的名义

你以中国钒钛之都的名义

一月·攀枝花

在北国冰雕的一月

你心若静水

婷立这片横断山谷

如处子临风

殷殷怀春

魂断多少汉子

远去的归程

鸽子哨音

嘹亮季节的风笛

你蓦然绽笑

鲜艳

一野新城

金沙江畔看攀枝花

深冬里，还没想起春天

你就绽放

在路边

在江畔

在山巅

从金沙江的北岸铺过南岸

一袭艳红　泼辣辣地

颠覆了季节的容颜

暖意皴染了山川

南高原的大裂谷

硬生生地柔软

男儿的骨骼奔流着炽热

女儿的腰肢弥漫着

蒙蒙的丝雨

金沙江水从西向东

一望碧蓝

西区　东区　仁和　米易　盐边

如舟之楫

划起移民城的祈愿

打开天南地北的方言

在金沙江畔

钒钛　阳光　鲜花

以森林的长势

标注了一方不毛之地

在中国的大西南

版图上的圈点

攀枝花意味深长

六十年沧海桑田

钢铁退隐　阳光灿烂

你以独步天下的花名

在深冬

康养得很恬淡

攀枝花：盛开在钒钛之上阳光之下

立于腊月的枝头

看千山起伏 金江东流

任霞光映照

渡口

四川最西南的明亮记忆

在这个时节呼吸

一树红花

春的气息

伟人的牵挂与嘱托

响亮着历史的金属之声

钢铁厂铸造战略高地

他们挥手之间高标的传奇

在钒钛之上

在阳光之下

攀枝花火烈烈地绽放

从金沙江的南山染遍北岗

炳草不再疯长

凤凰花少了骨力

攒劲地盛开

敞怀地怒放

从大宝鼎到拉鲊

连绵十万大军的身影

攀上枝头花更俏

一枝花

倾国倾城

策马半世纪

裂谷崛起宇宙之金

叮叮当当的阳光

深冬的绝唱

春天的裙裳

四季千果百芳

如旗如帜

如歌如词

攀枝花

客来不再说故乡

攀枝花的冬天

阳光直接穿透

整个冬季的内脏

攀枝花的胸怀有多阔

夜晚火炉般温暖又亮堂

金沙江的风

像婷婷的女子

婉转且体谅

花城有了冬天的面子

水的深度

早晚感知温凉

这阳光锻打的山川

朝霞抹遍赤铜的峰脊

一弯接一弯的江河

泛耀镜光

红花缀挂原野

绿茵漫上山岗

北京的兄弟每天截屏

出门始终在零下游荡

抓两把阳光抛去

他们泛起醉意：

"冬天和攀枝花的阳光撞个满怀，

有花的芬芳

果的甜香！"

攀枝花苏铁

"铁树开花马长角"

爷爷奶奶曾经的传说

或许爷爷的爷爷

奶奶的奶奶

也是这样说

那时的他们不知道

攀枝花在何处

攀枝花铁树是啥样

从汗血宝马到滇马

不论席卷欧亚大陆的征伐

还是贯通茶马古道的蹄声

马怎样奔跑

角都隐在皮毛深处

纵使河水倒流

时空开岔

爷爷奶奶不明白

深山的古渡口

一夜间火树银花

英雄树

花红叶大

新开了天地

在山巅　在谷底

摇曳凤凰的羽翼

撩拨二亿八千万年的情绪

雄铁树炬指苍穹

雌铁树纺锤相依

三月春风牵衣

五月细雨净体

年年如约花期

这是爷爷奶奶终去

也解不开的秘境之地

机场：保安营

不是保安成营

也不是保安的营地

大裂谷风紧

太阳鸟翱翔天宇

俯瞰大地

北可抵漠河

南能达海角

西极昆仑

东应潮生

屹立高山之巅

信步空中走廊

往来的人们无不惊奇

直插半空

攀枝花腾飞的天梯

503 地下战备电厂

尖山腹中的事

备战备荒的隐语

数字是攀枝花的地标

像草丛中的花朵一样

开放得意味深长

"503"

密码的成长

一座地下战备电厂

这全国唯一的地下火电

半个世纪的风雨雷电

照亮着自信的铁和钢

追梦人和平曲唱响

尖山敞开胸怀

"503，归仓！"

清点文物

花开别样

江花四月天

那一江的温柔

柳了又柳的腰身

翠得阳春水灵

两岸的凤凰花、蓝花楹

沿江而行

不论逆流顺流

用唐诗宋词的铜镜

照看

倾国倾城

深山隐凤

梧桐栖凰

浸淫金沙丽水

冠戴钒钛峻岭

火凤凰的羽姿蓬勃神性

三月　不知细雨味

用魅摊开的薄凉

弥漫江岸

红裙铺成云

四月　温润的词汇

蔓延女子心的深境

不如归去

碧的天语伞盖而下

却怎么也说不尽

攀枝花的红与蓝

为什么步步销魂

走在雨后的春晨

一夜春雨洗旧尘

半院黄叶铺竹林

鸟儿将湿漉漉的啼鸣

清脆地挂在嫩绿的早晨

走花榕道

穿青松岭

过凤凰亭

大棕榈　攀枝花　柠檬桉

钝叶黄檀　香樟　秧青

黄葛树　清香木　人面子

榕树　山黄麻　构树　青藤

三角梅　黄花槐　蓝花楹

白玉兰　羊蹄甲　宫粉紫荆

天然曲直共生

自在花叶纷呈

风打听花草树木间的密语

泛起林海连绵的波纹

行走在这个雨后的春晨

看　有人惊呼

那黑亮亮的眼睛

一只松鼠静立

远远地响起布谷声

五月的园林

鸽子的翅羽扇动五月

天空陷进梦境的蓝洞

目光太短

才知道那句　深不可测

静谧的小路

松涛轻拍树林

把绿色蒲扇折折叠叠

野花遍地

阳光弥散芒果的味道

漫游攀枝花公园

想留学在外的女儿

掠过眼前

一只喜鹊

望乡

滴滴答答

滴滴答答

窗外的榕树林将黄昏落下

白云升起　雾霭开花

金沙江北的山色

沉寂出故乡炊烟的滋味

峰峦的剪影

熟悉着暮色里老人倚门的脸颊

归家　归家

深处的三两盏灯火

点燃了上空

那片橘黄的谈话

江水在低处

等潮水涨高

待雨后晴好

船再出发

山中记

走入深处

没了人家

只有鸟鸣

树叶在鼓掌欢迎

多年种植在体内的孤独

奔跑的狼群

抬头望，一线天

白的白　蓝的蓝

低头看，几步就到路尽头

尽头之外还有路

看得远的，是不是虚妄

离得近的，是不是平常

到处的野草野花

没人称赞的风景

多似我们平凡的人生

只要日子端正

何必木秀于林

钛哥儿

竟然想起泰戈尔

想起了他的新月的光辉

飞鸟翱翔

攀枝花的钛哥儿呀

以你的名义

用白灵山的绿叶

金沙江的清悠

煮一壶花城细语

温润那悄悄逝去的流光

咀嚼我们自然爱恋的钛度

品果香

石榴裂口

芒果落地

当枯黄漫过五月的山脊

攀枝花的果农挥汗如雨

连续三个月的干旱

抽干了池塘

闸断了沟渠

光膀子使劲揉捏的

泥土的奶汁

石榴鲜红

芒果金黄

当雨水掀开七月的绿席

从东区　到西区　到仁和区

从盐边　到米易

风传递的信息

果子飞向全国各地

果农的皱纹里

流淌着甜蜜

兰尖矿

亿万年的沉睡

惊醒在六十多年前

大三线

那声高亢的召令

金沙江畔的攀枝花

自此热浪冲天

坦露

是你面对新世界

最富有的语言

奉献

你将膏腴之躯呈贡

高炉烈火煅烧

开辟新中国

钒钛钢铁的史诗传奇

你的挺拔

衡量一座城市的高度

你的底色

厚重一座城市的脊骨

你的胸怀

标榜一座城市的品质

仰视兰尖

山峰的海拔

无数的矿工

用热血与汗水铸就

攀钢石灰石矿

与攀枝花的钢铁一起生长

近六十年的时光

这名字

一直响亮

绽放着

质地洁白的光芒

大工业的快速掘进

苏铁山

像被剥去光鲜的衣裳

瘦骨嶙峋

满面污脏

矿石之上

攀枝花苏铁年年开花

这中国特有的物种

携手

自贡恐龙

平武大熊猫

擦亮"巴蜀三宝"

要金山银山

更要绿水青山

攀钢人共筑绿色梦想

关闭开采的闸门

石灰石矿

退出喧闹的世界

让花草疯长

任绿树怒放

和谐生态的步履

依然铿锵

满城嫣红

一江清水

半山红花榄

皴染了五月的底色

在渡口

在攀枝花

总是风动乱飘香

谁恋春色紫气来

恰是满城嫣红开

三月的夜

一池深夜

蛙鸣的鼓点敲打

三月的俏热

明月高悬

城市的灯光浸润

攀枝花

满江星辰

行走

把心安的故事传唱

你眼眸里的气息

让一方山水

成为故乡

丝语花城

花城曲

金沙江水绿啊

雅砻江水清

你可曾看见

一树红花点亮的那座城

那是美丽的攀枝花啊

蓝天白云阳光暖

四季清风花海行

神奇的太阳谷啊

钒钛映星辰

你可曾到过

康养胜地的阳光花城

那是江天无尘的仙境啊

花果飘香伴晨昏

笑语盈盈待亲人

祭祖

远天铺薄云

登高山

穿小径

叶落无声

三两声鸟鸣

几十年未寻亲

老房子

丛草生

无一丝乡音

祖上坟头

乱石嶙峋

除杂草

砌石垒土

不许放鞭炮

幡挂上

纸钱塞坟

一杯白酒环洒

几盘果品肉食敬呈

儿孙们排队鞠躬

"老祖宗，我们来看您了，

保佑您的后代幸福康宁！"

凉风起

蒙蒙雨境

来时正是清明

相见

青山两岸相看

流水相牵

绿叶满树常年

不问花期长短

夜空静谧辽远

明月做伴

人生若无交集

不必说相见

亲，一株小小的红豆树

一株小小的红豆树

在成荫的林间健康地活着

阳光是父　泥土如母

风是摇曳盎然的欢歌

雨是澎湃燃烧的倾诉

在她的四周

拥挤着如云的同族

更有那美得伤心的花朵

如果哪一天

你在林间漫步

是否一定能发现

枝头上这眼焦灼的期盼

是否一定能喜欢

花丛旁这身朴实如草的打扮

当你想攀折赏看

是否一定又是这

不起眼的躯干

我只是一株小小的红豆树

但能点缀姹紫嫣红的空间

流淌心中的狂热　倾尽全身的血液

冰雪封冻里为你报告春天

拿走我吧，亲

请把我种在你的屋前

我将沿着你的目光扎根生长

为你做绿春红夏的装点

那红豆，在我情爱的骨骼上
熠熠发亮

抛下阵地，从战壕里爬出来

丢盔卸甲　衣冠不整

高举双手

多么狼狈不堪

都知道，被俘虏可耻

做一个俘虏更加可耻

投降的日子

跌进牢笼　不见天日

可是我呀，就在那年

南国的雨季缠缠绵绵

一直飘洒的思绪模糊着视线

雨丝般地溃败

在你寄来的两颗红豆面前

没有什么不是心甘情愿

高举双手，做一个优雅的俘虏

接受你的审判

就如

沙滩一生接受海的审判

大地接受阳光的审判

坐进你精心设计

美妙的城堡

享受你滋润的土地

窗户外流淌的月光

守护相思树

那红豆

在我情爱的骨骼上熠熠发亮

思念的时候我才拥有

思念的时候我真的拥有

你总是站在目光不及的地方

踏着我体内丝弦般细碎的音乐

裙裳翩飞

微笑的语言如夜晚划燃的火柴

美丽生动

太阳的光辉照在头顶

情绪如风掠过你黑色发瀑

你向我走远又走近

狂啸才尽意　其实我依旧沉默如石

那些往事一个个衣着鲜艳清晰

也只是在不能触摸的范围看我

他们发出秋的落叶声

悄悄走进你的舞蹈

摘一颗你头上的珠宝

好让爱的光辉

在我的指间闪耀

定格心中那只飞鸟

在红豆缠绕的岁月中苍老

亲爱的

我不知用什么办法

才能骗过你的岗哨

和各种柔曼编制的甜蜜

逃离

骨头长出斑斑锈迹

接近冬日，我该选择

大雪里藏着的火焰

还是火焰上空纷飞的大雪

其实，都是错误

青年时的情人，还在骑马

走他自己的天涯

誓言，烈酒，红豆

全部带走

醒时唱歌，醉时饮酒

我木刀挑夜

放出灵魂的蝶

那颗不舍的红豆

摇曳成春天的枝条

血管般任性地缠绕

一绕青山飘白雪

再绕江心露石槽

年轻时没有做到的

老了，也不必害怕

亲爱的　你看

春水载落花

红豆映天涯

深秋的凝望

草叶

一夜间收敛喷绿的张狂

空气

饱满在密密麻麻的雨帘

稻谷归仓　太阳金黄

鱼肥　蟹满　牛羊壮

风开始预警深层的凉

这个时节

回头望

仍能看见昨日春天的模样

草根开始含蓄

阳光不再炽烈尽放

天高地阔

任骏马纵情奔驰

山峻水柔

由汉子行进四方

这个时节

向前看

春天的脚步已然响亮在耳旁

我听懂稻子的声音

夏夜　田边

热风和流水穿过耳际

青蛙呱呱叫喊着口渴

月光把远山推得更加遥远

犬吠的声音

把成片的夜色嚼碎

泥土的体香胜过春天的桃花

赶路的收起脚步

不愿辜负这薄如蝉翼的美

离家出走多年的浪子也已回头

逐渐金黄的稻子

低下头，不言不语

不是心事沉重，而是脸已羞红

那些怀春的姑娘，也同样如此

我已明白其中缘由

就像我听懂稻子不语的低头

是对大地的感恩和赞美

我看见自己跌进影子里

我分明地

看见自己跌进影子里

越来越薄　越来越小

飞翔丰满的欲望还未张开

翅膀轻轻一触　随影子一同消亡

风在四处游荡

撩拨的情绪渗透满眼的碎光

鼓噪的声响车流一样

不休不止　一如往常

村野的土地　大片大片地撂荒

候鸟掠过迁徙的人群　南来北往

影子越来越小　越来越长

建筑　日复一日

在稻田里疯狂生长

夜晚的烟囱有些任性

滚滚的黑

涂抹着更深的夜

我分明地

看见自己跌进影子里

穹顶的星光远远地闪烁

传递晚来春的讯息

照亮影子的前方

茧子样伏在影子里

向前张望

望雨

青萍上的蝶翅还没扇动

天顶上也没有云在聚合

雨呢

雨呢

无论怎样咋呼还是憋急

你本没有迈进门槛

却总想着在高楼

看风景

说不出的高度

山的高度

不在于冰雪的厚重

在于人心的触摸

水在消落

河床里的石头和泥沙

袒露无遗

许多看不见的东西

随水退去

就好像一竿子插到底

底部显而易见

往上

总是看不见顶

密密麻麻的藤蔓

有些浑浊

秋声

秋已长

山尖却使劲地青翠

远处的农人翻晒稻田

冬季的蔬菜已肥绿

在眼睛的深处

阳光倾泻

榕树　凤凰树　攀枝花

碧色汪洋

大街小巷行色匆匆

容不下哀愁生长

谁道秋凉天地黄

纵有多少心头事

风掠平湖

鸟飞鱼翔

失眠

凌晨三点

一只雪鸟晃动着山坳

耳外黑色壁立

阒寂，闻一声黄叶落地

呼吸在枕上结晶

你明白

疼痛是自己的

紧紧按住几乎失控的动静

不能喊叫

只睁眼看着

黢黑的窗外泛出曙光

每个人都有越爱越恐惧的遭遇

哪怕是在早春

相伴而行的错觉令人遗憾

走近水楼台

隐含的兴奋大于必要性

非常规的真相愿意突出自己

习惯的惊异

不在同一个频率

有什么值得质疑

问题的微妙是假设的对象

擅长的优秀忽略了力量的对比

发动袭击

大战的人以为只是一场小争端

我们都是新手

谁占上风
我与身边奔驰的车辆
一目了然

低估持续的时间
相伴而行的错觉令人遗憾
虚有其表
怎样笑到最后

不是说爱就爱了

后山的雪

凛冽着　白里透白

前院的花　次第

嘀咕

溪流总是日夜不歇

遭遇石头的心事

无论爆炸还是坍塌

情境总在伪装脆弱

要么凄凉

要么温馨地愈合

鸡一样地活着

不确定的距离

忽视更深的错误

就像那只天天撒粮的手

很可能就是

扭断它脖子的神谕

不是说爱就爱了

东西一旦美化　　容易被看见

骰子旋转的角度

起起伏伏一世翻转的悲喜

难以预料

沙漠的雨

总是悬挂在河湖的胸膛

目击的坚韧

往往创造喜好的框架

爱与不爱都充满风险

经历困境多了

越来越强大

静想

在你心中　水波不兴

就像那只青蛙静坐在井底

需要的时时相伴

谁都知道

两根绳子绞得越紧

就越容易绷断

春天的风

吹到冬季

漫天雪飞

你不相信轮回

也道不破

种子发芽　开花　结果

又藏进地里

是不是一种时运的玄机

祭父

青山之上

白水之旁

今天，从此永诀——

纵有千般山高水长！

一生，艰难困苦

您博学多通，修业立德

教化数千平民子弟

多么漫长的岁月！

一世，不沾不妄

您严以治家，仁爱淳朴

俭省安身

恩泽四代而成体统

多么持久的日子！

而这一生一世

仅在双眼和详地闭上、

两唇自然地合上

瞬间寂灭了鲜活

多么的短暂！

生长于土地

归息于山川

曾经

那一棵赖以依靠的大树啊

从今以后

长进我的心里

直至

我也归去

三月的餐味

蛐蛐开始鸣叫

夜晚苗条地摇曳

三月的衣裳一件件轻薄

胸与臀渐渐凸起

攀枝花水色丰润

柳梢挂满影子的亮光

叮叮当当的啤酒花

托着她的银铃

笑着跑街三十里

那红衣单车

把公路骑得中正而柔顺

风里翻滚火锅的口气

兄弟姐妹们善解底料的憋屈

江湖是把哨子

你说，是来还是不来呢

三月三十日：西昌火殇

缅怀木里

森林火灾中牺牲的勇士

周年祭奠

才挂上手机屏幕

风里一片腥咸

西昌大火熊熊

从天边一直到眼前

手机里的火情

反复燃烧着人们的痛点

"大火无情，

生命可贵；

火灾凶险

愿勇士平安！"

一遍遍

祈求

一声声

呐喊

不是所有的逆行

都要赌命

不是所有的英雄

都标榜牺牲

山川有幸

滚滚烈焰席卷

一批批勇士

向前

恨不能

把金沙江和安宁河

喊来立起

倒灌

恨不能

把邛海拎起

泼个底朝天

淋死那在泸山放纵的火龙

浇醒那 19 位伏火而去的勇士

凯旋

干涸的泪痕

揪痛在西昌 2020 年

这个通红的

春天

足迹

——致基层人大代表

肩上的责任有多大

你行走大地的脚印就有多深

云天相接

海拔两千米以上的山地

不见了　崎岖路的乱石烂泥

不见了　横板房风透四壁

不见了　草绳拴腰的褴褛

不见了　乱草般的头发　草灰色的贫瘠

十几年的反复奔走

从山下到山上

少数民族村民听你的宣讲与呼吁

那是平地响起的惊雷

你书写建议的文字

他们知道是久旱落下的雨滴

脱贫攻坚就是一场彻底的换洗

你脚上的血泡和老茧

他们心痛地说

哪怕是一双石鞋

你也磨穿了底

云披彩霞山裹绿

女着彩裙春水盈盈

如今那山地

水泥公路

如稻米铺进家家户户

红砖白墙

关不住昼夜的欢声笑语

老人饱满的容光多像地涌金莲

小孩上学路上的歌声

在汽车、摩托后面打滚

你又伫立山地

眺望天际

共同富裕的大道

一个新的天地

走深走实

用脚丈量鸿沟与尺寸间的距离

边界

青春
在我的肩头抖了抖
看尽春天的花儿
孕育着
不可揣测的讯息

白发
是不是一种宣言
我用黑底
质疑另外的存在
许多时候
模糊了边界

别样

我如此庄重

或许是一次松动

你盛绿在夏

雪艳隆冬

我用头脑创造未来

你以美颜涂绘现在

慢点

好像在高速路上奔驰

没有任何征兆减速

或者停顿

充满不可控制的风险

和笔直的危险

慢下来

慢下来

保持不急

真不是那么简单

印迹

无论走过多少的路

不会在每条道上都留下

永远的足痕

凿

一种持久的功业

在爱与被爱之间

只有心上的印

之间

距离

究竟有多远

就像从我的眼到你的眼

或者说

我们的语言

有几个完全说出了内心

真实的判断

好听的话裹挟好看的容颜

阵雨后的飞虹

挂在夏天

最想凉爽的窗前

无语

私见

相坐两米远

双目不互看

你自游戏我自玩

漠然

离去

是圆满

栏杆

这是高楼

倚栏俯瞰

众皆美好

然若

栏杆忽落

你还敢临界

看吗？

异动

远天，雷声滚滚

窗前，风卷沉暮

本是裙子妖艳的初夏

本是烧烤与啤酒

纠缠的欢愉

本是垂柳娇媚的荷塘

本是山外水天

归于身边的亲爱

然而

.

一切都是电话里的问候

就像你看过的

昙花

夜行

月高
人独行

林间
夏虫鸣

楼灯
喧哗声
无人去打听

闲聊

风轻吹

白天火炉夜凉水

几个兄弟姐妹

烧烤闲话

什么是富

什么为贵

不记得

来时的路蹒跚步

忘记了父母

克勤克俭的千叮咛万嘱咐

犹如再好的食物

也就是一烤了之

再美的酒料

随口喝了

笑谈与诅咒

珍视

昂扬的头

始终望向深邃

正行

不休不止

慈爱

连绵山峰如淡墨

浓云在天

夜雨歇

伏天里

母亲居成都

电话说不尽的焦虑

清净

雨滴屋檐

鸟鸣竹林

半山院落无尘嚣

静坐

茶香溢

母亲笑说

你们兄弟几个

常年在外难得回来

今天真是三伏天里好清晨

失约

雨，冰点落下

一句回答

抱歉

没有任何山

没有任何的风

能够穿透我的心胸

只有爱

让人坚强

望月

明月升起

浮在我的肩头

简直举手可托

我那美人

在我的心头

不用话说

乡村花意

大田·石榴花开

当我又一次说出春天

石榴花开

开花的大田妩媚妖娆

穿绿戴红的女子　婷婷袅袅

在清晨追风　月下舞蹈

青涩的心事隐忍未抛

流光的眼波彩虹似桥

让多少南来北往的俊杰心焦

令无数当地的少年郎哑然失笑

花开的季节

大田是一杯初沏的茶

春天报告

石榴已经开花

务本的春天

山上的残雪未尽

一片新叶已伸出坡顶

风过后

叶子从坡尖走到坡下

连谷底也不放弃

所到之处，染上一层嫩绿，轻而薄

像少女脖子上披的一条纱巾

山绿了　水笑了

笑声里　大朵的桃花绽放

却不见 姑娘和小伙子的身影

只有落在桃花身上的月光

蒙上了害羞的眼睛

啊喇·彝人居地的冬晨

冷冷的溪流

两三声鸟鸣

端一盆脏衣服的女人

赤脚走在水边

找一块能搓衣的石头

水漫过脚背

浸向她的内心

青烟冒出两岸的房顶

牛羊在山坡寻找青草的嫩

早起的老人

坐在山头咳个不停

这个平常的早晨

就像一个带着裂缝的瓷瓶

白娜湖·传说中的白娜姑

我来了，你却走了

步行的双脚

怎赶得上飞鸟的鸣叫

你走了，我又来了

但我相信

在一个地方消失了的

必将在另一个地方重现

这是谁也无法改变的法则

这是一种律令

譬如我们消逝的青春

破败的理想

残缺的爱情

我走了，别人又来了

他们比我幸运

看到桃花、落日

树林里静静的湖水

山风中流淌的歌声

和一位姑娘说话的眼睛

迤沙拉·一个深秋的下午

阳光躲进树林

众鸟停止鸣啼

从一个枝头到另一个枝头

轻闲　悠扬

偶有一片叶子离开树枝

换来多少目光的叹息

我坐在一块石头上

石头慢慢取走我的体温

平衡它冰冷的内心

仰望高天

不见仙人踪影

只见北来的雁阵在天际

写下整齐的诗句

脚力不能到达的地方目力抵达

目力不能到达的地方心力抵达

目力不能及的地方一定是黑暗一团

心力不能及的地方空旷无边

我就这样在南高原

中国最大的彝族自然村落里

想象　漫无边际

太阳最终被树林埋藏

鸟儿们已不知去向

我站起身跟迤沙拉说再见

暮色中的山岭好像久远的马帮

很干净

那个下午　风没转向

仁和城的夜晚

现在　我站在酒店的最高层观看

那满城的灯火辉煌

照亮多少人的足迹

照亮多少失眠者的心

哪里还有当年臭水沟的踪影

川流不息的车辆

移动急促的呼吸

商人们满面笑意

情侣们缠绵细语

访友者东来西去

高歌者灯红酒绿

谁也没有丢失自己

木棉花红

新街风软

不知谁长袖善舞

舞一曲仁和平安

满街望　渐行渐远

吹过我之后

经过众人之门

必将停留在一位老人的手心

最后吻一群孩子梦中的笑脸

匆匆过客

红尘高万丈

和谐重千斤

这是西南一个小城的夜晚

天上人间

岭上花

摸鱼儿

八月的稻谷初黄

攀枝花啊喇彝乡的田野

翠绿起伏得翻波逐浪

乡道上

车　一辆接一辆

稻田里

城里人　一行又一行

串来射去

鱼儿在浅水里

泥浆溅起的姿势

120

稻子饱满地呼吸

咋咋呼呼的

摸鱼人满手的笑语

村民和山乡咀嚼着阳光

香味

在彝家小院飘荡

四月的乡村

春晨在鸟儿的嘴上跳跃

彩霞自东山顶　开着莲的花瓣

桑葚，四月的露珠

滋润得大红大紫

樱桃，碧野掩不住的情话

婴儿含着的笑

芒果的串珠

青涩布满走不出的山川

西瓜跌跌撞撞

红与黑的心事随敲弹收放

牛皮菜的脸厚过鸡胸脯

胡豆鼓出饱满的嫩绿

知道不能错过

合伙的一道好菜

牛哞羊咩的声调

挂在芭蕉的耳边

绕着桂园树的花裙

叮叮当当地摇晃

谁是不是农民已不重要

男子肩上背篓　女子手提竹篮

四月的盐边

水流风淌的山庄

炊烟的词语在电炒锅里翻滚

石榴花上了餐桌

伴着麦子听见谷雨的浆香

格萨拉

一

高天碧玉

不能再蓝

不能再蓝

你已蓝进我的血管

丛林翠毯

不要再绿

不要再绿

你已绿进我的心田

走进四月的格萨拉

掉入春深不知边的清潭

鹅黄的草甸

挡不住洋芋疯长的欲念

羊不肥马跌膘

彝人耕牧无栅栏

没有高耸的雪山

阿咪子的情歌飞上云端

纯朴似雪　率真似山

却见红褐的裸土

走一回烫脚　看一次伤眼

好在拆了横板房

修了青砖院

摇醒了漫山的盘松

放任了野性的杜鹃

风渐起

苍鹰盘旋

谁说不是

寒冷尽处是温暖

二

是谁在水一方

是谁浅笑不言

掩不住苍茫的遥远

云舒云卷

雾浓雾淡

长长的木质栈道依溪蜿蜒

叮咚的细流挽起高山的眷恋

星星的野花装饰美人的裙边

淅沥的小雨迷蒙殷勤地探看

跑马坪的绿茵透出阵阵轻寒

饮马湖的镜心波光潋滟

湿漉漉的九月呀

格萨拉气息如兰

你撑一把小雨伞

裙裳翩翩

鸟儿收敛了翅膀

牧马人停下了双脚

呆呆地瞅　端端地看

你走出索玛花仙的传说

一笑嫣然

你从风雨中走来

成为我记忆中湿润的甜

你常在我脑海里浮现

正像山水见证着久远

日月续写着明天

从此

我把你挂牵

你是我今生不了的情缘

风吹洼落

山岗下

几处木头横搭竖插

旱烟吧嗒着老彝人眼里的空洞

风吹来

那叫横板房的建筑

几条瘦狗

带走四壁的破响

枯叶与草灰

起伏拍照人心里的潮汐

落进 2004 年岩口彝乡洼落村

落进那个夏天的午后

十六年后仍清晰得沉重

站在立石火普山顶

问兄弟

春风年年吹

扶贫到家没

你看那山脊

是不是很肥绿

你看那山沟

是不是牛羊成群悠游

再看岩口和洼落

为什么变成格萨拉乡和坪原村

撤并整合　驱除贫困那恶魔

砖瓦白墙的彝家

飞出敬酒歌

2020 年的盛夏

新蝉的鸣唱一声声翠绿

绿风翻涌

最后的横板房记忆沧桑

你指着前方的洼落

落进"彝家新村奔小康"

丛林之春的童话

在南高原，风渐渐转暖

格萨拉的冰雪已经不见

小草们打着翠绿的喷嚏

灌木林集体伸了伸懒腰

几声鸟鸣，几声呼唤

一不经意，阳光蜂拥而至

丝绸般滑下，金黄的树挂如帘

索玛花一个激灵

睁开了惺忪的睡眼

"哎呀，怎么我一觉醒来已春天？"

换一身绿衣裳

梳一个蝉翼状云髻

抹上天香雪，化出彩虹妆

一步展颜，一步笑脸

江西村晨景

渺渺

轻纱似的云雾

山下少女春天的曼舞

莽莽

苍翠群山连绵起伏

山里男儿豪放的风骨

淙淙

清清溪流不止不息的追逐

庄稼人奔向幸福的匆忙脚步

铮铮

小桥横亘岁月的孤独

大山深处　人们穿越喧嚣的静穆

琴琴

连田禾苗铺成丰收之路

林立的电杆　串起旧楼新居共有的富足

这是盐边的西北部

一个叫江西村的小地方

沉静的山乡一片安详和睦

屏息谛听

春天清晨第一抹阳光的祝福

林海即景

高山之巅

一泓清泉

天蓝草绿

牧歌升起

碧波般的地平线

蓝天生在海子下

白云生在蓝天下

绿树生在白云下

骏马生在绿树下

草甸生在骏马下

海子生在草甸下

三千米的海拔

星星点点的彝家

种田放牧

植树栽花

风起荞麦香

雨过放彩霞

走向盐边

走进林海

高山涵清泉

绿草拱蓝天

碧波轻漾地平线

牧歌跌宕山水间

海塔·寂寞梨花开

一夜春风你便敞开胸怀

所有心事如雪

向谁倾诉，为谁等待

寂静山野

风不传音信

马不带人来

那唱"千树万树梨花开"的歌者

裹着西域漫天的风雪从唐朝走来

马困人乏，饥渴难耐

只留下瘦瘦的一句喝彩

我不是你久盼的那人

我只是一个匆匆的过客

不用说聚，不用道别

看你洁白的情爱

雨意渐起

淡淡地迷蒙了眼睛

五月三日，月照清香坪

就这么爬上窗台

悄无声息

陡然相望

月光

雪白　惊起我满屋的骏马

以从白到黑，从黑到白的速度

奔驰

你可还记得

三十年前的窗外

那似过客的马蹄声

犬吠月惊人

影垂花牵心

今夜，月照清香坪

无梦，思故人

竹林坡的时光夜话

太阳下锄禾

细雨里种豆

炊烟将晨光和迟暮挑在肩上

鸡鸣犬吠的土屋

泥脚踏着饱暖

霜雪咂红的旱烟

蹲在屋角的老石头

一生一世守着家门

梦里没有乡愁

风吹草堂

天地苍茫

镰刀悬挂木壁泥墙

收割一茬茬星光

大道至上

民心敞亮

一个高山村的脱贫简史

从茅屋迈进楼房

从油灯对话互联网

亲邻团坐

用小灶的烧酒

大碗的山茶

龙洞的泉水

汗水滋长出的庄稼

猪牛羊上膘

山那边叫作城市的繁华

唠唠叨叨

日子的滋味

在话里话外

大麦地的石头噌噌响

芦笙起

打跳的脚步

反复踩痛横板房的记忆

傈僳人的篱笆

奔跑悬崖

山羊和野兔的俯冲

一段段生命的距离

至暗陷阱

决战贫困

新时代的手抚平千年的裂口

青筋高亢脱贫的掌纹

村支书仰脖的那杯酒

傈僳山寨的石头噔噔作响

鸡群啼鸣

花椒林起舞

保持海拔两千米的原生状

女人的脸

风潮狂奔

鼓荡一千张帆出海

重端进山酒

不再赶马骑驴

新楼如竹笋

老拱山上的格局跨过了立春

公路像熟人一样走家串巷

噌噌鸡穿着国家地理的衣裳

蝴蝶不紧不慢

翅膀飞扬

大麦地水涨船高

三江并流

石头开花

冬季乡景

小雪大雪过后

二十多摄氏度下的阳光

日复一日

天气被弹拨得很棉花

攀枝花冬天的温度

姑娘们用裙子

小伙子们用衬衫

兑换成五颜六色的笑语

站在山岗上

扇一扇风的来向

金沙江

碧绿的腰带舒展得蜿蜒漫长

鹰　飞得越高

天　蓝得越远

你忽然澄明

像西佛山的禅定

最不知羞的三角梅

粉七红八地四处裸露

异木棉也不知趣

抛出白里透红的媚眼

凤凰花知道

黏糊伤情

将心香裹紧

蓝花楹换上黄裙

"真爱到来，我才盛开！"

刺桐却不管不顾

大大咧咧地

就要红一把

粉黛乱子败成草坪

金家村　伸个懒腰

抖落遍地菊花

阿署达：石头遍布的彝村，
冬天也开满了鲜花

老泥墙的缝隙吞噬的岁月

任由阳光横拉竖拽

也看不透沉默的底色

旧时的彝人用柴火划拨日子

一片片树林倒下

几十年石头碰石头的苍白

即使打跳

山村的体内也没有足够的暖和

在阿署达，切莫触摸

古院落的身影

斑斑驳驳

"种树栽花得金银，

现在我们的青龙岭，

青龙又活了；

白虎岩的林子，

足够白虎奔跑！"

老支书的爽朗宛如水漫山野

成群的鸟儿扑棱棱地惊起

树林如潮的欢笑

石头遍布的彝人村落

如今，在这深冬时节

三角梅的痴情你知多少

从初春到深冬

好像始终缺少一个拥抱

人说娇媚不过情人

薰衣草守望的

不知是不是我这样的来客

满天星自顾自乐

摇摆小花裙

金盏菊万寿菊吆喝着千日红

"花舞人间"

看不尽台词后长野的青山故事

"十二月相送"的唱腔

轻轻挽着金沙江的柔绵

来了

既然走不出叠叠的绿荫

数不完幢幢的楼院

那就醉吧

不解花事凭风吹

纳尔河，绿色皴染的山地

还是那时的样子

南岸是陡山

北岸是高坡

纳尔河的雪白

嵌在山底

像春天里的

一路梨花

已经不是原来的

遍野苍凉

纳尔河

桐子林镇的新社区

五月的阳光

热辣辣的

印在本地诗人的向导语

翻滚着

一波接一波的绿浪

"十多年的扶贫攻坚战，

两万亩荒山变青山。

不种苞谷不种麦，

芒果致富大产业。"

鸽子鸟儿成群飞过

山梁上的大道

一拨又一拨的游客

说看新村建设

谈论的却是芒果

六七月的丰润与香甜

风来过

雨来过

阳光来过

纳尔河

是如何把曾经苍黄的山地

鼓涌起满目的碧浪绿波

我得撇下那些枯瘦的言辞

细细掂量

日子历经生态的打磨

混撒拉·芒果

二十年前，我看见你

风卷尘土

黄褐的干涩从山峦铺开

一片接一片枯槁的苞谷秆

裸露出男人的肋骨

泥巴墙边

一口一口的旱烟

懒散着

这彝人小山村

梦里不知海多蓝

二十年后，我来看你

芒果以潮水的姿势上岸

漫过了眼睛的边界

绿得一塌糊涂的喧嚣

不需要什么都看明白

一个个庭院

轿车与狗

活泼山村的气息

老支书的水烟枪

火头很旺：

芒果苗从海南来

芒果销往海南去

山和海相牵

东与西相连

新彝村

响亮了大世界

大田·石榴

若想看紫玉

那就到大田来

这里，敞敞亮亮

不挖坑不设防

不造作地装

你来

绝不会错

若要见美人

那就到大田来

这里，笑靥生香

可凝眸可相契

可灵犀倾心

你来

绝不会错

都说美人如玉

你可知道

大田的石榴

笼统了玉美人

晶莹的眼眸　剔透的灵性

即使侧身而过

也会系牵一缕魂

普威·雪梨

翻过白洼梁子，以西

凉桥河

清冽地俊秀着

绿树千丛

梨，走出季节的帷帐

饱满了山野的胸膛

水浇注的柔身

雪是另一种隐藏

果刀莫乱动

蜜，封不住你的口

飞出山外

会滋生乡村的惦记

芭蕉箐·枇杷

金沙江边的攀枝花开了
芭蕉箐的枇杷就熟了

果子舒展金黄的成色
漫山遍野已不淡定
爽朗的箩筐
装不下笑声的潮汐
家乡的喜悦
弥漫新年到来的消息

大水井

流水不腐

地泉自远古汩汩而来

涌流

如攀枝花　如清香木　如凤凰树

枝繁叶茂的

根脉

如草木房在炊烟中生长

日久月长的耕作

土瓦房渐渐挺直脊梁

瓷砖楼房里始终扯不断的

乡情

临渊羡鱼

鱼儿抬升水的高度

水井无边

拦不住地扩散

漫进高纯度的以食为天

日出水面

涌泉捧出的金光

层层叠叠

剪刀手的灵动

以金沙江与西佛山

在 2024 的春天

人们的眼里开放着

共富之花

从脚下铺向地平线

大水井村的兄弟说：

"美，不用等来年！"

金桥渔粮

稻谷下

鱼儿饱满地飞翔

秋水长天

农人的记账方式灌满

憨实的笑

等到蟹肥虾壮

那一池连一池的碧水便瘦了

渔人们撒下的一网又一网

丰满得乱颤

不是说白墙砖房配上

水泥路

就是新村

那钢架大棚里的东西

野蛮生长

辣椒青瓜番茄豇豆茄子们

早忘了季节的说唱

硬生生把绿色长成新的饮食模样

无论是城里还是乡下

把酒不再话桑麻

风动芒林

牛羊一片安详

不用贴标签

水草丰茂的那张脸

嵌入超市

生动人间

载走的　留下的

勾画着

这个叫金桥的村子

就这般

宛若春风满天

庄上村

若你不认识

自云南丽江华坪而来的江水

就不认识

镜泊在攀枝花西区庄上的

丽水柳腰

风吹草动

午肋巴山那两万亩芒果林

镇静如常

把风里的五月六月怀孕得异常饱满

梅子箐长的不是梅子

一湖碧水比情人的欲望高明

鱼儿不分大小

随意地　或悠游或跃出水面

最终肥沃

村民们的腰包

水田彝族离开了水田

打跳的手舞足蹈

是鲜亮的各色苗木花卉

是民宿在电商和直播里悠长的

复古故事

慢而漫的"水墨金沙"

时光与阳光牵手走进

岸边白堤的新枝